비금속 소년

파란시선 0028 비금속 소년

1판 1쇄 펴낸날 2018년 10월 20일
지은이 정우신
디자인 최선영
인쇄인 (주)두경 정지오
펴낸이 채상우
펴낸곳 (주)함께하는출판그룹파란
등록번호 제2015-000068호
등록일자 2015년 9월 15일
주소 (10387) 경기도 고양시 일산서구 중앙로 1455 대우시티프라자 B1 202호
전화 031-919-4288
팩스 031-919-4287
모바일팩스 0504-441-3439
이메일 bookparan2015@hanmail.net

ⓒ정우신, 2018, printed in Seoul, Korea

ISBN 979-11-87756-25-5 04810
      979-11-956331-0-4 04810 (세트)

값 10,000원

*이 책의 국립중앙도서관 출판예정도서목록(CIP)은 서지정보유통지원시스템 홈페이지
 (http://seoji.nl.go.kr)와 국가자료공동목록시스템(http://www.nl.go.kr/kolisnet)
 에서 이용하실 수 있습니다.(CIP 제어번호: CIP2018031188)
*이 책은 서울문화재단 '2017년 첫 책 발간 지원 사업'의 지원을 받아 발간되었습니다.

비금속 소년

정우신 시집

친족처럼
견고하게 속고
속이는

사람들

달과 태양 아래서
걷고 있다고
믿었다

차례

시인의 말

제1부

제2부

제3부

제0부

주술

아직도 그곳에서 그러고 있니. 숲으로 들어오렴. 숲 속으로 들어오렴. 너와 닮은 짐승들이 있다. 끊어진 허리에 붙어 춤을 추고 있다. 뱀을 넣어라. 너의 몸을 입어라. 모험을 할 때마다 시력이 바뀌었어요. 당신의 얼굴을 보지 못했어요. 아이들에게 남은 다리를 나눠 줬어요. 어떤 끝이 뒤돌아 나를 탄생시켜요. 삭제하고 싶니. 너의 몸. 너의 의식. 이리로 오렴. 바깥으로 오렴. 여기에는 너의 불행들이 있다. 태워 주마. 모든 구멍에 색색의 종이를 꽂고 태워 주마. 헤매는 것이 나의 전부. 거울을 볼 때마다 꿈으로 전환됐어요. 그것은 구원이 아니라 진리가 아니라 매혹. 각자의 종교에서 나는 당신을 먹고 당신은 나를. 서로의 교주가 되어 세계를 다시 호명하기를. 이곳은 나무에서 태어나 나무가 되는 아이들이 있어요. 육신을 부리는 일이란 그저 그래요. 바람에 살냄새가 실려 오도록. 목소리가 길어지도록. 영혼의 복도를 확장하는 일. 당신이 망각할 때 나는 위로를 느껴요. 나는 무성해져요. 나는 물컹해져요. 스스로 명령을 내리고 터져 버린 당신의.

구전

빵 앞에서
우리는 숭고했지

전해 내려오는 이야기가 지금보다 재미있다

세계가 점점 녹아 갈 때
배에서 내리지 못한 종족들이 있었지

쥐, 고양이, 염소, 당나귀, 토끼
여기저기 접골하는 밤

나는 지금 어떤 목소리로 울고 있을까?

램프를 집어던지고
빈 몸에 지푸라기를 넣은 채
남은 꿈을 읽는
네가 있었지

나는 데운 술을 마시고 있는데
아무 데나

머리카락이 자라서 무거운데

얼마나 더 영특해져야
죽음에 오래 머물 수 있을까?

이 이야기는 기체로 전해졌으면 좋겠다

나도 없고
너도 없이

복수

발버둥 치는 것을 보면 애착이 갑니다
걷고 있나요
흥얼거리는 소리 들리네요

당신 앞에 도착한 것 같은데
다정하게 팔을 감싸고 있는 것 같은데

구름 밑으로 생물의 기억이
터져 나오고 있습니다
바람의 머리가 드러나고 있습니다

더듬이를 꿈틀거리며
구멍을 뚫으면
나는 당신의 문이 되었어요

당신은 젖은 몸으로
나에게 들어와
당신을 죽이고 나가네요

폭죽처럼

당신은 당신을 열고
환호합니다

목숨을 앞두고 가속하는 것들이
마음에 듭니다

발등을 뚫고 돋아나는
풀과 풀

누가 누구인지 알 수 없어요

불 속에서 다가오는
나의 형상에
기름을 부어 봅니다

분신

빛의 끝

빨려 들어가는 덩어리들을 보니 좋군

쉽게 터지려 하지 말게
피를 더 돌려야 하네
왜 자꾸 갈아타려 하는가

안녕, 난 그저 몇 개의 골목을 걷다가 가네

안개의 뼈 같은
수은등이 켜지는 새벽
자네의 핏줄은 굳어 가는데
무엇을 내줄 것인가

같이 있던 사람이 죽는 것은
한순간이 아니지
사라진 것이 아니지

내가 아닌 것들을

달고 다녔는데
봉합한 곳으로
자네의 눈물이 새는군

움직여 보니 어떤가
자네는 제법 사람 같아 공포스럽다네

파도 없이
바다가 바다를 위로하듯

한 동네에서 한 동네로 옮겨졌을 뿐

줄어든 달을 사탕처럼 빨며
세계에 대해 생각하는가
뭐 그리 거창하게
늑대가 되려 하는가

나는 나의 이웃이 되어 가고 있네
시취가 진동하기 전까지
자신을 믿지 않는다네

그래, 두 다리처럼 폭력적인 구조를 본 적이 없네

자네가 듣고 있는 음악이
새어 나가도록
창문을 살짝 열어 주겠나

나의 시간이
거기서 흐르지 않도록

그림자부터
마셔 주게나

악령

이름을 몰라 창피하기도 했지만 난 이름을 몰라

고사리를 헤집곤 했어

집으로 돌아와 몇 권의 전집을 뒤적이다 덮어 두곤 했어

이름을 몰라서 나는 꽃병 옆에 있고

화염 옆에 있어

햇빛이 하나하나 기대 보는 것처럼

네가 아끼던 접시를 내다 버리고

둥지에서 죽어 가는 새를

화단에 심곤 했어 이름이 없으니까

살아 있는 것 같아

네가 입을 모으는 순간

무언가를 향해 부르려는 순간

이미 부서지고 있는데

네가 가장 증오하는 너의 자식들을

삼키고 있는데

모든 저주가 너의 이름으로 기록되고 있는데

고기를 통째로 삶아도

산 자의 기억이 담긴 달을 끌고

여기까지 와도

아무도 나를

말리지 않는데

토템

그대

무엇을 찌르고 있나요

지켜 주고 싶나요

그대는 나

아가리로 몰리는 검은 핏줄

뱉어 내고 있는 것을 만져 봤어요

혀를 내밀어 봤어요

그대 이전의 그대

펼쳐 봅니다

부분적인 그대

나를 지팡이 삼아

진흙에 묻힌 뼈를 더듬어 보네요

팔이 굳어 가는 그대

빛이 돌지 않는 눈동자

속도가 붙어요

나는 그대

소화되지 않아요

절개된 코끼리의 목

나를 엎힙니다

이런 부피 처음인가요

갈증이 날 때까지
살을 뜯어 먹어요
북을 두드리며
우리가 사라진 곳을 찾아봅니다
나와 그대
이제
무엇이든 될 수 있나요

제1부

청춘

소독을 할 때마다 나비 무리가 나타났다 다음 식사가 준
비될 때까지 휘파람을 불었다

종이 울리면 벤치에 앉아 숫자를 셌다 나비가 늘어나서
복도가 즐거웠다

끝에서만 맴돌았다

볕이 좋을수록 불안했다 어디서 발견될지 모르는 우리

안개가 안개를 포기하듯

서로에게 눈을 달아 주지 못했다 폐건물에서 물건을 훔
쳐 오고 규칙을 만들었다

뛰어다녔다

뒤꿈치가 살짝 들려 있는 줄도 모르고

비금속 소년

여름이 소년의 꿈을 꾸는 중에는 풀벌레 소리가 들리
곤 했다 우리는 장작을 쌓으며 여름과 함께 증발하는 것
들에 대해 생각했다

화산은 시력을 다한 신의 빈 눈동자 깜박이면 죽은 그림
자가 흘러나와 눈먼 동물들의 밤이 되었다 스스로 녹이 된
소년, 꿈이 아니었으면 싶어 흐늘거리는 뼈를 만지며 줄기
였으면 싶어 물의 텅 빈 눈을 들여다보았다 멀리,

숲이 호수로 걸어가고 있다 버드나무가 물의 눈동자를
찌르고 있다 지워진 얼굴 위로 돋아나는 여름, 신은 태양
의 가면을 쓰고 용접을 했다 소년이 나의 꿈속으로 들어
와 팔을 휘두르면

나는 나무에 가만히 기댄 채 넝쿨과 담장과 벌레를 그
렸다 소년은 내가 그린 것에 명암을 넣었다 거대한 어둠이
필요해 우리는 불을 쬐면서 서로의 그림자를 바꿔 입었다
달궈진 돌을 쥐고 순례를 결심하곤 했다

소년은 그림자를 돌에 가둬 놓고 잠에서 깨어나지 않는

다 나의 무릎에 이어진 소년, 이음새를 교환할 때마다 새
소리를 냈다

번식

미나리가 자라면
미나리를 캐러 가자 칼을 쥐고
휘두르는 기분이 좋다

언젠가는 쓸모가 있을 거야

행주를 삶으며
따듯한 냄새를
모두 놓쳐 버렸다

물의 폭력이란 그런 것이구나

소파에 누워 창밖을 본다
어김없는 봄은
어떤 기분으로 걸어갈까

구름이 자신의 그림자에
물을 붓듯
발등이 부풀고

차분히
자라는 것

염소는 발굽에 걸린 풀을
골라내며 울고 있다

플라즈마

고물상 의자에 앉아 폐전구를 씹는 소년, 눈길이 닿는 곳마다 어둠이 밀려난다

빛과 어둠이 서로를 짓누르고 있는 것처럼
고철 사이에서 눈을 뜨고 있는 희망을 이해할 수 없다

손가락이 모자라면 팔로 팔이 모자라면 어깨로 소년은 짐을 나른다

그림자가 그늘을 빠져나가고 있지만 나뭇잎이 온몸을 떨고 있지만

보이는 것이 무엇을 의미하는지 알 수 없다

젖은 장갑을 낀 채 절단기 속으로 몸이 반쯤 잠긴 소년, 말없이 밥을 먹던 가족을 떠올렸다

하나로 뭉칠 수 없는 것

빈 의자에 앉아 골목을 바라보면 세상의 모든 무게가 나

를 응시하는 것 같다

　손가락이 담긴 장갑이 하수구를 지나는 밤

　어느 골목으로 빠져나갈지 모르지만 어떤 향기를 피워
올릴지 모르지만

　소년은 끝나지 않는 현실처럼
　나의 체온이 된다

어느 낮에 태어나서

　빈 접시를 닦는다 접시를 닦다가 슬프면 가장 먼 곳으로 달려간다

　기껏 달아난 곳이 어느 시골의 바닷가라는 것이, 짠바람을 맞으며 밤새 냄비에 쌓인 모래를 덜어 낸다는 것이 우습다

　사륜 오토바이 지나가고

　파라솔을 펴다가 주저앉아 담배를 피우는 여자, 나를 모래의 표정으로 바라본다 내가 애인이냐고 아빠에게 묻는다 자신이 사 준 머리핀을 보고 촌스럽다고 한다

　날아가는 새를 세어 본다 새를 세다 보면 내게서 떠난 여자가 달려와 나를 안아 줄 것 같다 편대에서 이탈한 새, 구름 하나를 지나치지 못하고 맴돈다

　사랑이 죽는 곳에서 계절이 자란다면 나는 참외를 심어서 벌레에게 잘 보여야지, 양념 통에 향신료를 가득 채우고 버리기를 반복해야지, 포기하고 간 살림이 여기에 그

대로 있다

먼 곳으로 와 더욱 먼 곳을 감당했다

풀

움직이는 것은 슬픈가.
차가운 것은 움직이지 않는가.

발목은 눈보라와 함께 증발해 버린 청춘, 다리를 절룩
이며 파이프를 옮겼다. 눈을 쓸고 뒤를 돌아보면 다시 눈
속에 파묻힌 다리. 자라고 있을까.

달팽이가, 어느 날 아침 운동화 앞으로 갑자기 떨어진
달팽이가 레일 위를 기어가고 있다. 갈 수 있을까. 갈 수
있을까. 다락방에서 반찬을 몰래 집어먹다 잠든 소년의
꿈속으로. 덧댄 금속이 닳아서 살을 드러내는 현실의 기
분으로.

월급을 전부 부쳤다. 온종일 걸었다. 산책을 하는 신
의 풍경, 움직이는 생물이 없다. 삶을 대하는 태도가 없
다. 공장으로 돌아와 무릎 크기의 눈덩이를 몇 개 만들다
가 잠에 든다.

움직이지 않는 것은 슬픈가.
가만히 있는 식물은 왜 움직이는가.

밤이, 어느 작은 마을의 모든 빛을 빨아들이는 밤이 등 위에 정적을 올려놓고 천천히 기어간다. 플랫폼으로. 플랫폼으로. 나를 후회스러운 표정으로 바라보는 것. 창밖으로 내리는 눈발의 패턴이 바뀐다.

간혹 달팽이 위로 바퀴가 지나가면 슬프다고 말했다.

잠들어 있는 마음이 부풀고 있다.

나를 민다.
나를 민다.

식구들

우리의 식탁에는
큰아빠와 할머니와 고모와 고모부와 사촌 형이
둘러앉아 밥을 먹고 있다

주인 없는 컨테이너 아래에는 고양이가 산다.
사람들은 먹다가 남긴 음식을 놓아두고 간다.

여러 동물들이 모여든다.

동생은 고양이를 몰래 들고 왔다가 제자리에 돌려놓는다.
여러 번 그렇게 한다.
식탁 밑이 나와 동생의 자리이듯
어떤 고양이는 밥을 먹지 않고 축 늘어져 있다.

사람들은 먹이를 던져 주며 기쁨을 느낀다.
고양이가 어둠 속으로 깊숙이 들어갈 때까지 자세를 한껏
낮추다가 간다.
한없이 귀여워하다가도 발톱을 보이면
돌로 머리를 친다.

주인이 오면 우리는 자는 척을 한다.

현관에서 늙고 아픈 냄새가 퍼져 오지만 우리는 잠바를 입고 이불을 뒤집어쓴다.

주인은 우리가 얌전히 있는 것에 대해 즐거움을 느낀다.

이리 오렴. 이리 오렴.

그렇게 여러 번 침을 뱉는다.

나는 동생을 가방에 넣고 다른 동네를 다녀온다.

동생은 내가 담겼을 때의 기분을 느꼈는지 한참을 울다가도 나의 머리를 쓰다듬어 준다.

고양이가 고양이를 공격하려다가 복종한다.

우리는 밤마다 오줌을 맞는다.

컨테이너에 불이 들어오기를 기도한다.

조망

구름의 배를 가르는 빛이 아름답다고 생각했다

식물명을 정리했다
활력방정식을 풀었다
왜 익혀야 하는지 모르지만

나는 잘 살아 보기 위해
지하에 산다

음식을 거의 먹지 않고
실험실에서 약물을 훔쳤다
세미나에 참석했다

지나가는 새보다 비행기가 대단해 보였다

아버지가 생활하던
컨테이너 낡은 소파에 누워 있다
고양이가 다가와 곁을 지킨다

겨울을 끝마치는

태양의 각도가
퇴근하는 인부들의 어깨와 비슷하다

건물을 세우면 사람이 죽었다

파도의 끝

어둠의 긴 송곳에 박혀 끌려가는 그림자

햇볕의 둥근 톱날이 이마를 가르고 교각 아래로 흩날리는 꽃잎을 머금는다 기차는 계속 달리고

선로에서 꿈틀거리는 너구리가 먹이를 삼키고 죽었으면 떠내려가는 나를 한 계절의 길이만큼 지켜볼 수 있었으면

사람들은 숨을 몰아쉬고 나는 자세가 낮아진다

쉬지 마
쉬지 마

병원 침대 아래 누군가 벗어 놓고 간 슬리퍼처럼 유용해졌으면 내가 기록된 서류가 가짜였으면 가짜 서류가 진짜가 되었으면 사람들이 그만 웃고 슬퍼졌으면

나는 나를 밀어 넣고

기차가 속도를 줄이자 바깥의 색깔이 바뀐다 멀리 창밖을 보고 있는 내가 보인다 강물에 터진 머리를 담그고 있는 석양처럼 그것을 주워 입는 바람처럼

달라지는 것은 인과가 아니라 인과를 완성시키고 싶은 마음 나를 가져가 나를 나눠 가져가 아무도 닿지 않은 곳으로 기울어지기를

*

나무에 모여 통곡하는 사람들을
바람과 이어 붙이는
유리 조각 속의 소멸된 도시를 나눠 갖는
살고 싶은 자와 죽고 싶은 자의
공평한 기분이 담겨 있는
세상에서 가장 긴 접속사 하나를
꿈에서 꺼내 온다

표범

빠르게 낚아챌 것이다

공간과 공간을 엮고

참새처럼
깜박할 것이다

방향을 가져서 나쁜 일이 지속되었지만

거울에 등을 비춰 보지 않고
음식을 먹기도 할 것이다

옷을 입고
공원을 걸어 다닐 것이다

거미줄에 걸린 애벌레가
날개를 펼 때까지 기다릴 것이다

예초기가 지나간 오후

풀냄새를 풍기며

마른 심장을 꺼내 놓고
너의 옆을 지나갈 것이다

달의 연마

치료는 계속되고

나와 당신 사이

물이 새는 작업화와 절연 테이프가 놓여 있다

가스레인지 벽면의
기름처럼
눌어붙은 적의

가족처럼 굴고 싶었어?

이제 지겹군

냉각수를 보충하며
손을 비비던 밤

기계를 예열하고

나의 빈 얼굴로

당신의 아래턱을 당긴다

뒤꿈치까지
서로의 속성을 삼킬 때까지

죽은 새를 들고 뛰어다녔다

세수
세수

어둠이 고무를 씹는 밤

달의 절삭기
그림자를 지나 발등을 타고
무릎을 파먹는다

밀항

항구는 빛의 포장지로 뒤덮인
어린 날의 크리스마스트리 같다

선실에는
생활의 비린내

세계의 노선도는
괴물의 뇌 같다

밤의 복부를 긋고 쏟아져도
끝나지 않는 별들

내가 들어갈 수 없는 집들

육지는
동화 속의 마을 같다

갈매기가 머리 위를 돌면
밤새 달려온 화물선의
뒤엉킨 해로를 풀어 주는 것 같다

더 살아야 한다
생각하면

모든 비유가 쓸모없는 것 같다

냉동 창고에 떨어진 생선 눈알로
축구를 하는 아이들

나는 거짓말을 한다
바닷속 풍경이 풀어지는 것 같지?
너희처럼 아른거리는 것 같지?

하얀 레코드

꿈의 뒤 페이지들 종이 꽃가루가 되어 휘날리고 구름으로 들어간 참새는 나오지 않는다

소녀는 숲을 돌아다녔다 머리끈을 풀어 줄기를 묶었다 그곳에 검지 발가락을 넣었다 뺐다 죽어 가는 꽃을 유리컵으로 옮겨 심은 뒤 깨트렸다 선인장에 양말을 뒤집어 씌워 놓고 다른 이름이 되기를 기도했다

나는 잠든 소녀의 스케치북에 굴뚝을 그려 본다 끓고 있는 눈발들, 반대편 누군가는 따뜻할까 이곳을 찢어 벽난로에 넣고 싶다 오늘은 내가 사랑하는 창문 하나가 없어질 것 같다

멀리 가고 싶은 날은 속옷만 입고 이불을 털었다 어쩔 줄 몰라 하는 얼굴로 옷가지를 들고 웃었다 색을 갖는다는 것은 따가운 일이었다 나는 소녀의 빈 다리에 누웠다 화분 받침대를 비집고 나온 뿌리들

허공이 한없이 좁다 디딜 곳이 보이지 않는다 발밑에는 눈보라가 날지 못하는 새들을 몰고 다닌다 우리는 아래가

없으니까 떠다닐 수도 없으니까

나는 소녀의 꿈에 한 발을 내밀고 있다

제2부

상대성

즐거워하는 내가 있었네

화물 기차는 밤에 더 무거워지고

화이트홀이 출렁거리네

나는 이곳을 지나온 것인가 머물러 있는 것인가

그림자를 생산하는 터널

빛을 낭비하며

비명을 지르는 천사가 있었네

세포 배양 노트

취미는 보편성과 특수성을 가지고 있는데 그런 건 우리가 만드는 거야 공동체적인 감각이지 직감 따위는 버려 너는 천재가 아니잖아 예를 들면 연어 알을 하나하나 손톱으로 굴려 보거나 잇몸에 숨겨 놨다가 다시 꺼내 보는 행위 이런 것들이 다 연관이 된대 아름답지 지저분하고 편리하게 만드는 곡선이란 우리가 미래를 꿈꾸며 구웠던 펭귄 같아 나뭇잎에 눈이 베인 태양은 걸어온 길을 잃어버렸어 손끝에서 불꽃을 내뿜고 싶었지만 개나리만 번져 갔어 나방 유충을 키우며 키스를 했어 온몸을 스스로 태운 나뭇잎들 이런 것들은 지루한 바람의 영역이지 가족이 죽었는데 가족이 늘어났대 너는 내가 일어나지 않으면 고기에 칼을 찔러 놓고 바닥에 여러 번 던지지 해동하는 것을 사랑의 형식이라고 말하지 이제 고백하는 것들은 제쳐 두고 아가미가 쏟아진 그 접시에서 다시 체온을 높여 보자

빙하기 종족

기어가서 누워라
끝까지
누우면 불이 켜질 것이다

밤이었다 여기는
아카시아 향이 그물을 친 밤이었다 여기
마음이 두 배로 닳는 꿈이었다

　　　왜곡되는 해수면
　　　땅이 감겨들어 오면
　　　나는 땅의 머리
　　　끼어들었다
　　　나무가 너무 많아 나무가
　　　곧 될 것 같아

너희에게 분열되어도 될까
손톱이 길어질 텐데
플랑크톤의 수동성이
마음에 들 텐데

포기하는 순간
선명해지는 것

먼지가 시작된다
빙산이 갈라지며
모든 계절이 쏟아진다
나는 부유하고 있다
언제 꼬리를 바꿀까?

공간을 지우자
춤을 추며 기다리자
조준경에 완벽하게 들어맞도록
해안가로 집합하자

너희는 동물과 식물을 나눠 가진 얼굴이구나

그러면 여기는
밤이었다 녹색 기억이 터져 나가는 청량한 밤이었다
모두가 눈을 감고
감시하는 꿈처럼

눈에
긴 혀를
혀에
산뜻한 귀를
귓속에
눈꺼풀을
달아 주고

날씨에 따라
치열이 달라지는
아름다운 돌연변이가 되자

프랙탈

　추구할 것이 있다면 올바른 죽음입니다 저기 유리창 너
머 생물들을 보십시오 지느러미가 길어지도록 힘을 더 주
십시오 현실이 재현되지 않도록 주의하십시오

　나는 네가 있던 방에 있다
　잠시 후면 끔찍한 생각이 들 것이다
　기분은 너를 연장시킨다

　거울 웃는다 선회한다 각을 줄인다 버스가 지나간다 아
침이 운영된다 거울

　원하는 생물을 선택하세요
　새끼를 던지세요

　연못을 넘나들며 나를 먹은 생물이 어떻게 변이하는
지 지켜본다 산호가 살랑거린다 아무도 내 피를 섭취하
지 않는다

　주황을 빈 눈알에 돌려 끼우세요 애쓰지 마세요 같은 생
각을 하는 종들끼리 뭉쳤다가 이탈하는 것입니다

나는 진화를 앞두고 있다

곧 패턴이 되겠지만
일기를 쓰며
돋은 날개를 흔들어 본다

채집 일기

잠자리채를 서로의 머리에 씌우며 웃는 아이들

한 아이가 개구리 다리를 구워 줍니다

맛있다고 하니까
맛있어지는 것 같습니다

피와 살의 맛이 똑같습니다

다리가 없는 개구리를 가져와
책상에 놓아두고
기도를 합니다

동생이 보일 때까지

돌을 먹고
물을 마십니다

복막을 갈라 봅니다

연잎이 연못을
덮어 가고 있습니다

열역학 제1법칙

어깨 위의 밤
돌아누운 당신이 돌아누울 곳을 잃어버린 거기

함박눈 내린다

마주 잡은 손으로 체온이 전해지지 않을 때

당나귀를 그리는 아이의 마음으로
굵어지는 눈발

증기 기차 돌진한다

레일 대신 누워 있는 당신의 저녁으로
스스로 느려지고 스스로 길어지는 숨으로

밤의 내부로 어깨가 구부러지고

함박눈 내린다

나는 빈 병실에서

당신의 바다까지
정확하게 내리는 눈발을 바라본다

돌아보면
흰 당나귀들이 발자국을 지우고 있었다

생물 시간

　창가에 놓인 양파 뿌리가 길어지고 수업이 끝나면 우리
는 세포분열을 하듯 매점으로 달려갔다 변성기는 하천에
고인 물처럼 지나가지 않고 우리는 장마처럼 찾아오는 백
선을, 서로 다른 신장을 의심했다 한 친구가 질문을 받으
면 다른 친구가 졸다가 일어섰다 친구들이 웃으니까 웃었
다 상관없이 한 반이 된 우리, 같은 동네 약수를 먹고 다른
골목에 오줌을 쌌다 동시에 눈병이 걸려도 바라보는 풍경
은 달랐다 나는 쉬는 시간마다 다른 반 창틀에 매달리다
왔다 무성생식을 들을 때 발가락이 간지러웠다 비가 오면
친구들은 복도와 계단을 뛰어다니며 메아리의 자리를 바
꿨다 교실의 벌레들, 날아갈 곳을 헤매고 있다

원숭이 연극

원숭이를 가득 실은 기차가 국경이었던 지역을 넘어가
고 있다

벽을 두드리며
석탄을 채취하던 원숭이가
의문을 품기 시작했다

검은 뼈를 가진 어둠의 정강이에 대하여

허공에 붉은 엉덩이를 걸치고 있는 자의 망각에 대하여

기차 바퀴에 밟혀
운석이 튀어 오르고
창문으로 유황 가스가
새어 들어온다

목에 힘을 주고 얼굴을 튕겼다 앉히며 지루한 시간을 보
냈지 주름잡는 자들의 걸음걸이를 배우고 버렸지 조상들
이 쥐고 간 빛을 훔쳐 왔지 악의 개념은 없어졌으니까 번
식하는 것이 불법이라면 불법 동료? 원자? 사슬? 왜 나는

멸종한 너희를 생각하는가

　심장은 꽃잎으로부터
　가장 먼 레일까지
　피를 뿜다가
　세상의 모든 것을
　빨아들이고
　정밀하게 흘려보내고

　내 핏줄의 모양으로 너희는 가계도를 만들었군 어느 나
무로 튀어 나가면 될까 곳곳의 나뭇가지마다 코알라 사슴
하마 기린 자라나네 뒤집으면 다시 해저, 세계는 결국 거
대 생물체의 내면이군 내가 신경계 역할을 했다니 나의 풍
경은 너희가 잠시 머물렀던 낮과 밤

　굳은 하반신에서 꼬리가 분열한다

　기분을 건너뛰며
　출몰하는 자
　사랑의 노래를 불러라

70

가죽을 바꿔라
온몸을 들이밀고
가볍게 소화되어라

꼬리를 숨긴 채
뛰어내리려 하는 원숭이를 본다

곧 갈아입을 형체에 대하여

행성에 띠를 만들며 굵어지는 폭설에 대하여

하얀 행위

*

너는 창밖을 지나가는 새들
색이 없는 슬픔이 되어 소란스럽게 떠들겠지
어차피 죽겠지

*

너무 쉬운 결정이라서
기차는 같은 역에 정차하겠지
비가 오는 날은 지붕이 되어 볼까

*

마취가 되는 동안
흘러가던 구름의 형태들
다시 그려 볼까
늘 화분과 말을 섞다가는
햇살처럼
나는 일상적이었지

*

아무도 없는 백사장에서 끝내고 싶다

*

숨은 쉬어지겠지 어차피
아직 외워지는 이름들
떠오르는 몇 가지 골목들
천천히 입술을 떼어 내며
풀과 풀을 발음했지

너는 반대편 플랫폼에서
손을 흔들고 있다
일기를 써 내려가며 가끔 창밖을 볼까
나를 알아볼까

*

혈관이 희미해지는 계절
그쪽은 무성하겠지
생활이 남아 있겠지

*

장미 가시에 바지가 해져도 하루 내내 담장을 넘나드는
아이들 한 아이가 분홍 분필을 들고 내 몸에서 빠져나간
부분을 그려 준다 어차피 어차피

네가 있는 곳을 밟을 수 없겠지

*

빛의 눈을 다듬는 부리들

*

죽은 이와 이어지는 꿈이구나

나는 지금 호흡기에 맺혀
말이 되지 못한
증기

화초류

소매를 흔들며
하얗게 젖는 십일월

화분이 놓인 창가에 앉아 마르고 있다
산책하는 개들과 풀밭을 보고 있다

나는 몸을 긁는다
아침마다 수염을 자른다

페인트가 벗겨진
벤치를 서서히 덮어 본다

약속 장소에 갈 수 없지만
오지 않을 사람을 기다린다

물은 물을 나르고
사람은 사람을 나르고

누군가 종이로 아래를 감싼다

좁아지는 간격

더 좁아질 때

창밖으로 방향을 트는
목이 있다

토끼를 막 묻어 주고 왔는데

비가 온다

내 안에서 나를 밟고 간 자의 목소리가 들린다

숲으로

땅속으로

나는 뿌리를 내리지 못했다

비가 온다

거대 생물이 깨어나기 전에

목장으로

무당이 살던 폐가로

끌려갔는데

실패하고 돌아왔는데

나는 느려지고 있다

비가 온다

처마 끝의 거문고 줄 튕겨 본다

무덤에서 뛰쳐나온 자

나를 부르며 내려오고 있다

바닥의 목소리가 되어

걸었던 골목을 걷고 있다

녹색의 눈

동굴에 박힌 어둠처럼
절벽은 높이를 숨기고 있지

바위를 조금씩 옮기는 이끼
누구였을까

수직으로 시작되는 자유
바위는 모든 가능성을 열고 기다린다

떨어져
제발 떨어져 줘

바위는 물속을 기억하지
바닥을 감은 채 목을 타고 오는 이끼

우리는 어디서 끊길까

출구를 막고
하나의 길을 더 판다

드러나면
시시하니까

이렇게 웅크린 채 살자

여기는 끝났으니
다른 곳을 알아봐

이끼가 풀어진 물

눈을 밀어 올리기 위해
우리를 당기고 있다

지구

다음 날은
그다음 날을
가장 슬프게 끌고 가는
거울

다른 행성을 관측합니다

동일하게 나눠 가질 수 없는 높이와 바람과 호흡과

절단된 무릎
뿌리 뽑힌 향나무

그보다 더

몇 가지가 일치합니다

삶은 지속되지 않는데 이야기가 계속될 필요가 있을까요
이것도 삶이라면 나는 졸다가

돌고래가 떠오르는 것을
지켜봅니다

초원의 동물들이 이동하고 전투기가 지나갑니다 별들이
스스로 몸을 태우며 어둠을 배치합니다

물에서 이루어지는 일이라고 생각하니 끔찍합니다

나보다 더 멀리
가 있는 힘들을 생각합니다

대낮에 가스관을 쥔
사내처럼

나의 뒤는 푸르게 끊어질 것입니다

이차원 산책

어느 날은 버드나무가 두 개, 어느 날은 버드나무가 한 개 그리고 한 개, 냇물 속의 출렁이는 구름을 솎아 내고 있지

탈주를 시도하는 바람들, 열매들, 아이들, 저수지에 발을 담그고 있는 구름은 물이 쏟아지지 않도록 바닥을 돌고

버드나무를 확장하고 있는 것

물속에서도 밖에서도 비치지 않는 어느 날, 어느 날의 미래, 한쪽 바지를 걷어 보면 물이 흐르고 있겠지

어느 날은 나의 날개가 한 개, 그리고 두 개

제3부

유기체

떨어지는 일몰마다 분홍색, 담녹색, 혹은 주황색, 회색, 파충류의 잃어버린 눈, 또는 헐렁이는 푸른색 셔츠를 입고 긴 혀로 발바닥을 더듬으며 섬을 바라보고 있는 너. 매일 다른 각도로 빨려 들어가는 석양마다 이름을 지어 주고 한 번도 부르지 않을 거야. 불의 몸통 같은 석양 앞에서 더 이상 움직이는 모습을 보여 주지 않을 거야. 엄마를 기다리지 않고 능선을 접어 부채질하는 너. 벌판에 누워 제물을 기다렸다. 두개골에는 과일 껍질과 검은 핏물이 뒤엉켜 있었다. 내가 사라지면 믿음이 깊어지겠지. 미래는 멋진 여백이 되겠지. 사랑처럼 내가 볼 수 있는 모든 색을 가져가.

시빌레와 하녀

죽은 사람의 필기구를 정리한다

통유리를 닦다가 힘이 들면
액자를 보다가
액자 속의 피크닉을 보다가

여자는 여자를 그린다

낡은 나무 바닥으로
솟아오르는 빛을 밟으며

커튼을 젖혔다가
다시 젖혔다가

여유 없이
재스민 향기가 오후의 발목을 움켜쥐고

이 방은
영광이 지속되고 있다

오늘은 여기서부터 저기까지

걸어 다니는 것이 슬플 땐
시계 방향으로
혹은 시계 반대 방향으로

선택할 수 있는 것이 예언밖에 없어서

여자는 여자를 그리다 말고

새를 보았다
반대편 누군가
창문을 열고

바이올린을 켜고 있다

작두 옆의 소와 당나귀

절반을 도려냈다 근육을 해체하다 말고 뒤뜰로 나가 담배를 피웠다 나무에 피를 부었다 날벌레들이 달려들었다 허공의 화상 자국처럼 떠 있는 구름들, 낮과 밤이 모두 중요했다 토막을 쳤다 손목에 울음이 쌓였다 가루를 뒤집어쓴 채 밥을 먹었다 철창을 열어 줘도 도망가지 않는 가축들, 고기를 기다리는 사람들 모두가 필요했다 달의 환풍기로 넘어가는 어둠들, 가죽을 벗기는 기분이 좋다 내가 아닌 것에서 시작된 균열은 어깨가 잘려도 멈추지 않는다

우울의 지속

붉은 눈을 찢고 나온 까마귀, 당신의 뒤에 거꾸로 매달려 있다. 나는 당신의 시야로 허공을 날고 있다고 믿는다. 안개가 들어온다. 내 몸을 통과하며 스스로 부풀고, 터지고, 눌어붙다가, 바지로 나가는 안개. 까마귀가 내 입에 지렁이를 넣는다. 느리게 죽으려 하는 것들을 도와주자. 둥근 플라스크에서 끓고 있는 것. 입속에서 꿈틀거리는 까마귀, 두루마리 휴지를 풀며 비린내를 늘리기, 일부러 함정에 빠지기, 불에서 나와 다시 재가 되기, 나는 나를 나이프로 쓱쓱 문지른다. 나는 난처해지고 있어. 까마귀가 말했다. 내가 말하려고 한 것을.

두 개의 장미

서사적으로 결정된 장미 나는 담장을 걸었다 가시가 옆구리에 밑줄을 쳤다 너의 서정은 뼈의 색깔을 상상하는 것 알고 있는 표정을 오려 얼굴을 만들어 보는 것 나는 서정과 서사를 바꿔 말하며 소설을 분석했다 함부로 동정하는 순간의 폭력이 좋았다 아무도 관리하지 않는 저택의 정원이 아름다웠다 "불구의 얼굴에 박혀 있는 고풍스러운 장식품들…." 주인공의 독백 뒤로 적의 징후가 흐르고 나는 밑줄 친 부분을 다시 읽었다 주황색 탁구공을 입안에 넣었다 뺐다 하는 장면이 떠올랐다 태양이 되었다가 달이 되었다가 하는 그 문장, 혈흔에서 꽃향기가 피어나는 그 문장! 나는 도저히 이해할 수 없어 떨어진 장미를 다시 보여 달라고 했다

고아

　단칸방에 생일상을 차려 두고 사람들과 둘러앉아 이야기를 나눴다 잿빛 창문을 바라보며 좁아지는 바깥에 대해 생각했다 외부가 내게 닿기도 전에 넘쳐흐르는 것이 많았다 파란 페인트를 뒤집어쓴 고독이 새벽 네 시를 남겨 두고 떠난다

고양이

    들판에서 다 내줬지 나에게서 시작하는 것들 지켜볼 수밖에 없었네 사과나무는 사과나무대로 비둘기는 비둘기대로 있지만 어디에도 네가 숨 쉴 육체는 없지 나에게로 피가 흘러오지 않는다 나는 어제의 동선을 걷어차며 밤의 길을 열어 주고 있었네 누가 나를 캐고 있는지 머리가 터졌네 근육이 찢어졌네 나의 것들은 내가 사랑을 주기도 전에 떠났네 다리가 들린 채 악취를 풍기겠지 곧 약품 처리되겠지 관상용으로 남겠지 유행이 지난 미학이 되겠지 빈 도로에 꽃다발을 올려 두고 오는 새벽 며칠이나 더 사교춤을 춰야 할까 우리의 영혼을 어디에 숨겨야 할까 아직 계절과 기분이 있는데 사람이 사람을 낳는 시절인데

화가의 산책

철길을 걷는다. 몇 개의 도형이 엉킨다. 다음 장면은 빛이 넘쳐 포기하고 싶다. 손가락을 물고 여태 깜박이고 있다. 집집마다 지붕에 가죽을 널어 건조시키고 있다. 휙, 긋고 가는 라임색 선들, 작은 숲의 잔디를 밀어 올린다. 열일곱 명의 신하가 되어 허공을 가꾼다. 회의하는 사슴들, 폭설과 침엽수, 마구간에서 간식을 먹는 아이들, 썰어 놓고 다시 붙여 볼까. 내가 맺은 열매를 맛보고 싶다. 더 재촉하면 붙어 버릴 것 같다. 안과 밖이 바뀔 것 같다. 이어 붙인 밤이 출렁인다. 나는 나의 긴 수로에 누워 숨을 기다린다. 시간과 시간의 복도. 굵기를 바꿨다. 울타리입니다. 오리입니다. 선로에 걸려 희미해지는 그림자, 나의 풍경으로 들어오도록 음영을 준다.

보라의 관점

썩은 다리로 넝쿨이 얽혔다
이가 시렸다
양말을 벗고 의자 위에 올랐다

가지런한 두 발을
입는 허공의
다리

카멜레온은 어떤 색으로 죽을까
높이를 껴안고 싶어

움직임이 느려지는 것을 보며
너는 아름답다고 했다 취향이라고 했다

나의 실패를
자랑하는 너

염전에 담가 둔 고기를
가끔 꺼내 보며

사랑하는 사람이라고 했다
다정하게
나눠 먹자고 했다

혼

살구를 으깨어 배합했다

피부의 성질이 바뀔 때까지

기도문을 외웠다

형체를 받을 수 있을 것 같았다

*

내 몸에 퇴적된 바람, 어떤 나뭇잎을 물들이고 갇혔는지
몰랐지만 나는 끝없이 낙하하고 있었다

연두는 옅게
노랑은 볼록하게

풍경과 인물에 질서를 부여했다 디테일이 지루해서 신
화를 등장시켰다 겨울잠을 잤다 한쪽 눈을 잃은 달은 빙
빙 돌며 구름의 촛농을 흘리고

나는 여전히 혈관 속에서 이동 중?
어떤 짐승의 배 속?

어깨를 움직이며
땅으로 땅으로
머리에 싹이 돋을까

　입에 붓을 물고 있는 당신은 언제나 나를 끝까지 그리지 않는다 내가 완성되어 당신과 바뀔까 봐 건게 되어 달아날까 봐 당신은 내 방에서 시체가 되어 벌레를 모은다

*

　나의 무의식은 마음을 설계한 자의 의식

　행성을 흔들면

　분홍 띠가 흘러나와

　말을 걸었다

소년과 메아리

눈을 감으면
떠다니는 얼굴들
나를 불렀다
한 걸음만 더 걸어가면
나의 끝을 볼 수 있었는데
나는 다리도 없고
지느러미도 없고
어떤 표정을 지어야 할지 몰라
더 멀리 떠내려가거나
쉽게 잡아먹혔다
고개를 흔들며 다시 시작
잠에서 깨면
우물에서 아이가
나를 내려다보고 있었다
물이 끓기 시작하는데
볼이 오목해지고
녹슨 철조망처럼
뼈가 튀어나오는데
나는 바가지에 담기지 않았다
아이가 있는 방을 확대하면

분홍 돌고래, 소파, 깨진 욕조
혹은 훌라후프가 버려져 있는 공원
하수구를 따라
다시 시작 다시
절반을 끌고 나는
내가 들리는 곳으로 간다
잘 살고 싶었는데
잘 키우고 싶었는데
왜 좋은 일이 생길 거라 예감했을까
그것도 내 생각이
아니었던 것 같아
아이는 내가 걸었던
둑길을 지나며
강아지풀을 귀에 꽂겠지
뒤집어진 풍뎅이를 그대로 두겠지
나의 끝을 앞으로 돌려놓고
빈방에서
숙제를 하겠지

선인장이 있는 자화상

이가 없는 밤
건조한 밤

잘 씻기지 않는 노모의 세간들

바람의 뼈를
깁스하고 있는
세계의 나무들

우리는 무엇을 나르는가?

기다란
목

힘차게
남은 나를 흡수한다

청량한 입속이다
내가 사라진 곳에서
밥을 지어 먹는다

정신을 다 내주고
하얀 꽃이 될까

삶의 끝

부엌을 정리해야지
머리를 감고
속옷을 삶아야지

묵화

다른 계단으로
굴러가는
시간

사람들은 사람들
사이를 다녀갑니다

헤집을수록
묽어지는
사랑

석탄처럼
뭉뚝해진 손으로
낙서를 합니다

두루마기 태운 자리

검은 물고기
일렁입니다

걸어오세요

아들아 걸어오세요

물의 초상화

바위마다 놓인 촛불들
바람을 부르고

선착장이 있는 작은 섬

식당 창문 가득
서리가 지도를 그린다

하염없이
목을 빠져나가는
밧줄들

배는 연착되겠지

석양은 바다의 손목을
그은 채
지평선을 숨기고

이제 나를 기다리자

방수포에 말려 둔
나물 위로
눈이 쌓이고

다시
쌓이고

제4부

사제의 뜰

바람이 끓는 냄새가 난다

어둠의 아궁이 솥을 올려놓고 스프를 젓는다 새 한 마리
새 두 마리 나무가 부러질 듯하다

입술 사이로 따듯한 깃털이 새어 나온다 물이 흐르는 곳
마다 쪼개지는 것들

빛이 어둠의 긴 머리카락을 뒤집어쓰고 개미를 주워 먹
는다 매미를 혀 위에 올려 본다 귓속의 나방이 느려진다

오래 누워 있으니 네가 있는 곳까지 닿을 것 같다

새 한 마리 새 두 마리 점점 커져 가며 바람을 잠식한다
나의 침은 연두색이고 여름은 여전히 맑고

음악을 틀고 간 너는

식사가 끝나기 전에 부활할 것 같고

육친

세상의 바깥을 향해

깨지지 않도록

오랫동안 전신 거울을

들고 다녔다

그림자처럼

희생양

저편에서 떠드는 사람 떠들다가 죽어 가는 사람 입이 막힌 사람 찢어진 입으로 아무 말이나 하는 사람 즐거운 대화가 시작된다 혼자 떠들고 있지만 괴롭지 않다 나는 당신들이 있기 때문에 말씀을 계승할 수 있다 죽어도 살아날 수 있다

*

이사를 가기 싫다 피리를 불 때마다 풀이 무성해진다고 해석하는 그곳이 싫다 과학이 먹이사슬을 바꾸나 삶이 윤택해지나 믿음이 없는데 어떻게 나의 정수리에 십자가를 꽂을 수 있을까

누군가 풀어 놓은 사랑의 족쇄를 차고 시계탑이 무너진 성당에 앉아 축제를 관람한다 빈 마차를 끌고 염소들이 지나간다 아이들이 뒤이어 달려간다 절벽을 향해 네 발로 뛰어간다 여덟 발로 뛰어간다

반대편 숲까지 늘어진 머리카락을 그림자라 부른다 어제가 빠져나가자 잿빛이 자신의 몸에 불을 붙인다 오늘은

어디서 잠을 청할까

*

아가미에 손을 넣고 있으면 손이 숨을 쉬는 것 같다 약
품 맛이 난다 기름 맛이 난다 낡은 실험 기구의 배치를 바
꿔 본다 다시 꽃이 피도록 서로를 절개한다 혈관을 머리
끝으로 말아 올려 본다 한곳에 모여 터지지 못하는 그것
을 절망이라 부른다

어미를 잃은 염소들, 비가 오면 입을 벌린다 말을 하는
것 같다 긴 바늘을 찾는 것 같다 사료를 먹지 않고 동료의
눈에 뿔을 밀어 넣는다 너희들은 물로 되어 있지만 죽은
물의 감정을 재현하지 못한다

*

생물은 환불되지 않는다 아무런 상관이 없지만 상관이
없어서 무서운 이웃, 안부를 물으며 안심한다 죄를 교미하
고 즙을 전해 준다 손가락을 잃어버린 빛의 손목처럼 그는

우리의 생활을 다루지 못한다

인간은 진화하고 사회는 발전한다?

얼마나 멀리서 당신은 그것을 봅니까 당신이 건
축한 세계의 불안, 거듭될수록 당신은 당신의 틀
에 갇히고 있습니다 당신을 만들어 조종하고 날
리고 폐기하고 칩을 이식합니다 침묵하는 당신,
한 번도 사랑 앞에 놓여 본 적 없는 당신, 기분이
좋습니까 목소리를 듣기 위해 두 손을 모으면 나
팔꽃으로 뒤덮이는 입구, 그곳에서 들리는 비명
을 있는 그대로 적어 봅니다 한 차원과 한 차원을
섞어 봅니다 당신의 실패를 기록하는 일은 힘이
듭니다 우리의 아침은 깨져서 태양의 목구멍에
박힐 것입니다 헛된 꿈을 가진 거미가 될 것입니
다 내가 낳은 덩어리, 당신처럼 만족이 없습니다

너희가 쓰던 방에 누워

발자국을 따라갔다

나는 열 가닥으로 찢어진 몸을
지나고 있다

새 떼의 뒤에 구름을 풀어놓거나
넘치는 풀을 손으로 비벼 보거나
시력을 잃어 가는 동물의 눈으로 들어가
빛을 긁어 보거나

종교는 잠시 미뤄 두고
소금을 더 넣어 줘

길고 투명한 다리를 분쇄하거나
연주하는 손가락과 손가락을 붙여 보거나
머리카락을 땋다가 실패하거나

공습이 지연되고

팽이를 돌리다가

잠이 든 아이들

철근을 끌고 다니거나
침구를 훔쳐 오거나
기도만 실컷 하다가 지쳐 버리거나

산티아고

프랑스산 분홍 나귀를 타고
골목을 익히자
고귀한 음악을 틀어 놓으면
극단적이 된다

경양식을 먹으며 시작된다

우체국 불법 환전소 그물 가게

16세기의 골목으로 들어와
노동을 생각한다

마차가 멈추는 순간
미래의 바람들이
입김으로 흘러나온다

돌고 도는
태양의 팔과 팔

끊어진 철교를 모두 붙이면
그가 다가와
가르침을 줄 것이다

긴 겨울일 것이고
선량한 사람들이 파마를 하고
행진할 것이다

학교 공장 수용소 성당

하나의 골목이 평생인 사람
나는 여전히 태양의 과거가 되고 있다

배식을 기다린다

천사는 아니지만

혼자 남은 자의 창밖을 영원히 떠돌고 싶다

날지 못하는 새를 낳고 축하받고 싶다

덜 익은 모과가 된 햇살과 대화하고 싶다

초록 바다를 바라보며 녹아내리고 싶다

엄마의 품에 안기고 싶다

우리는 고통을 연구하는 동물

결과를 확인해서 실패하지

목소리를 듣고 싶다

살을 만지고 싶다

하루가 있었으면 좋겠다

놀이터의 아이들처럼 해가 지는 것도 모른 채

물과 흙을 가지고 놀고 싶다

나는 껍데기가 깨진 굴처럼

바다의 목젖이 되어

영원히라는 말을 머금고 싶다

안식

죽은 자의 가슴 위에 석류를 올려놓았다

지상의 한 칸에서 식어 가던 그림자가 나무 그늘로 들어가 몸을 데웠다

손톱이 없는 아이들은 나무에 올라가 서로 열매를 주고받았다

빛이라는 가장 긴 못에 박혀 어둠의 심장에서 뿌리의 모양으로 말라 가는 사내

석양이 호수에 눈물을 뱉어 내면 분수는 슬픔을 동그랗게 밀어 올렸다

허공의 눈을 찢으며 날아가는 새 떼들

새의 눈이 얼굴 위로 쏟아지면 쥐가 달려와 안개의 떫은맛을 골라냈다

숲 속에서 아이들은 석류를 들고 망치질을 했다 말이 없

는 두 발목을 종이로 감쌌다

죽은 나무 안에 누워 본다

뿌리는 어둠을 키우며 나를 뱉어 낸다

큐폴라

파스텔 톤의 집과 울타리

작업장에 서 있는
검은 개 두 마리
아니 두 사람

건물 앞의 강물
입자들이 부유하고 있다

잎을 오므렸다 펴며
이빨을 드러내는 식물들

나에게 잘 죽으라고 하는 듯이

두 사람 인자한 표정으로
손을 흔들고 있다
아니 검은 개

건너라고 하는 걸까
아닐까

백 년 동안 휘날리는 눈발
시간에 속은 적이 있었지

한 마리 나를 물고
남은 개들 그 한 마리를 먹는다
아니 한 사람

신의 거실에 걸린 거울

풍경 몇 가지로 시간에 금을 가게 할 수 있다

창밖이 전부인 사람에게 눈보라는 꽃다발이 되듯

사랑이 다른 높이에서 추락을 기다리듯

허공을 다 접고 벤치 아래서 새가 떨고 있듯

돌을 메고 올라가는 행렬이 계곡으로 변하듯

네가 훔쳐 간 공기처럼

얌전히 숨을 쉬니 짜릿하고

바람이 나뭇잎을 입에 물고 살아 있듯

어느 날 집이 불에 타 버리듯

교회에 묶인 개가 종소리 울릴 때마다 짖듯

양동이에 모아 둔 빗물이 먹구름을 비추듯

철사로 꿰맨 눈을 구부려 보며

기억 몇 가지로 살인을 저지를 수 있다

다음 장면에 관해 묻는다면

얼굴에서 열매가 돋아나기 전에 뜯어 먹을 뿐

나의 슬픔이 잘 보이고 있을까

이야기를 더 만들어 오라는 듯

분홍 장미의 정원을 훼손하라는 듯

기억의 동그란 기둥에 기대 눈동자를 그리듯

각자의 방향으로 걸어가듯

달과 태양의 바퀴로 된 오토바이를 타고

영혼의 두개골인 구름을 전속력으로 돌면

내가 어디든 갈 수 있고 무엇이든 할 수 있는 것같이

너를 통해 너의 나를 볼 수 있는 것같이

세계라는 기관과 생물(학)적 우울

조강석(문학평론가)

1. 유기체와 환경 세계(Umwelt)

"사물들은 공간과 시간이라는 두 차원들 속에서만 배치
되어 있지 않다. 세 번째 차원이 거기에 추가되는데, 그것
은 환경 세계들의 차원이고 그 안에서 대상들은 언제나 새
로운 형태들을 따르면서 재현된다.

수적으로 무한한 환경 세계들은 이 세 번째 차원에서, 자
연이 초−시간적(supra-temporel)이고 가외−공간적인(extra-
spatial) 의미의 교향곡을 연주하는 건반을 제공한다. 우리
의 일은 살아 있는 동안 우리의 환경 세계와 함께, 비가시
적인 어떤 손이 미끄러지듯 연주하는 그런 경이적인 건반
들 속에서 하나의 건반을 구성하는 것이다."

라고만 적고 이 글을 마치고 싶은 마음이 굴뚝같다. 정우
신 시인의 첫 시집의 해설로 이만한 구절이 없을 듯하기 때

문이다. 더 보탤 말도 덜어 낼 말도 없이 저 두 단락으로 우리는 저 말들의 바닷속에서 또 하나의 (환경) 세계가 융기하고 있음을 고지할 수 있다. 이하는 그것에 대한 군말이될 것이 틀림없다. 그러나 군말에도 사정은 있는 법이니까 …….

위에 인용한 글은 그 자체로 대단히 시적이지만, 실은 20세기 생물학의 고전인 윅스퀼(Jacob von Uexküll)의 책에서 가져온 것이다.[1] 풍부한 비유지만 말하고자 하는 바는 간명한 저 구절을 세세히 풀어 볼 필요는 없을 것이다. 다만 일종의 메타 각주로서 같은 책에서 다른 대목을 잠시 인용해 본다.

생리학자는 마치 기술자가 자신이 알지 못했던 기계를 검토하듯이 생명체의 기관들과 그 기관들의 작용들의 조합을 검토한다. 반면에 생물학자는 생명체란 그 생명체 자신이 중심을 이루는 그런 고유한 세계 속에 살고 있는 주체라는 것을 깨닫는다.[2]

윅스퀼에 따르면 모든 생물 개체는 가장 완벽하게 그들의 환경에 맞게 조정되면서 단지 '신체-기계'를 관리하는

---

1 야콥 폰 윅스퀼 저, 정지은 역, 『동물들의 세계와 인간의 세계—보이지 않는 세계의 그림책』, 도서출판 b, 2012, p.245.
2 야콥 폰 윅스퀼, 같은 책, p.15.

기술자가 아니라 주체가 된다고 한다. "우리는 고통을 연구
하는 동물"(「천사는 아니지만」)이라고 주장하는 한 젊은 시인
의 고유한 환경 세계가 현상하는 양상과 까닭, 그리고 그것
의 '내포적 의미'를 이제 막 살펴보려는 참이다.

2. 생물(학)적 상상력

우선, 이 젊은 시인의 상상력의 체계 속에서 작동하는 다
음과 같은 비유와 진술을 눈여겨보자.

세포분열을 하듯 매점으로 달려갔다

―「생물 시간」 부분

세계는 결국 거대 생물체의 내면이군 내가 신경계 역할
을 했다니

―「원숭이 연극」 부분

우리는 고통을 연구하는 동물

―「천사는 아니지만」 부분

위에 인용한 것들은 이 시집에서 눈에 띄는 대로 골라 본
것일 뿐이다. 어떤 의미에서는 이 시집 전체가 이런 상상력
에 크게 기대고 있다고 할 수 있다. 세계를 거대 생물체의
내면으로, 그리고 세계를 지각함에 따라 이에 능동적으로
대처하는 '세계의 신경계'를 자임하는 주체가 이 시집의 목

소리의 주인공이다. 덧붙여 이 목소리는 "우리는 고통을 연구하는 동물"임을 천명하고 있다. 그렇다면 여기에는 세 가지 의미 연관이 있을 수 있다. 첫째, 세계를 기관으로 지각하는 감각, 둘째, 세계를 그렇게 지각하는 데 있어 가장 예민한 중추를 자임하는 '시적 기관', 셋째, 그런 방식으로 감득된 세계에 대해 이 지각 주체가 대응하는 방식과 그것의 '내포적 의미'가 그것이다. 다음 시를 보자.

떨어지는 일몰마다 분홍색, 담녹색, 혹은 주황색, 회색, 파충류의 잃어버린 눈, 또는 헐렁이는 푸른색 셔츠를 입고 긴 혀로 발바닥을 더듬으며 섬을 바라보고 있는 너. 매일 다른 각도로 빨려 들어가는 석양마다 이름을 지어 주고 한 번도 부르지 않을 거야. 불의 몸통 같은 석양 앞에서 더 이상 움직이는 모습을 보여 주지 않을 거야. 엄마를 기다리지 않고 능선을 접어 부채질하는 너. 벌판에 누워 제물을 기다렸다. 두개골에는 과일 껍질과 검은 핏물이 뒤엉켜 있었다. 내가 사라지면 믿음이 깊어지겠지. 미래는 멋진 여백이 되겠지. 사랑처럼 내가 볼 수 있는 모든 색을 가져가.

—「유기체」 전문

유기체에게는 저마다의 '환경 세계(Umwelt)'가 있다. 인간과 파충류는 객관적인 '주위(Umgebung)'를 공유하지만 각자의 목적에 최적화된 방식으로 지각되는 각기 다른 환경 세계를 지닌다. 이 시에는 한두 가지의 정황과 그 정황에 최적화된 방식으로 시적 환경 세계를 지각하는 뉴런이 기능하고 있다. 우리는 그 정황을 "엄마를 기다리지 않고 능선을 접어 부채질하는 너", "벌판에 누워 제물을 기다렸다", "내가 사라지면 믿음이 깊어지겠지"와 같은 구절에서 어림잡을 수 있다. 결코 세목들로 환원되지 않는 이 정황 속엔 혼자 견디는 시간, 기다림 대신 탈주를 택하고 싶은 갈등, 그 선택이 불러올 불확실한 미래 등이 엿보인다. 그런데 시에서 그런 정황보다 우선적으로 전경화되는 것은 그 정황 혹은 '주위'와 겹쳐지는 환경 세계이다. 일몰이 분홍색, 담녹색, 주황색, 회색 등으로 보이는 것, 석양이 "불의 몸통"으로 보이는 것은 "긴 혀로 발바닥을 더듬으며 섬을 바라보고 있는" '너'의 모습이 기다림 대신 탈주를 꿈꾸는 '나'의 모습과 포개어지기 때문이다. 아니, 보다 정확히 말하자면 기다림과 우울과 갈등으로 가득한 한 소년의 환경 세계가 일몰을 응시하고 먹이를 찾는 파충류 개체의 환경 세계와 동일시되기 때문이다. 그리고 바로 그런 방식으로 이 시집에 실린 시들의 기본 문법을 이해할 수 있다.

붉은 눈을 찢고 나온 까마귀, 당신의 뒤에 거꾸로 매달려 있다. 나는 당신의 시야로 허공을 날고 있다고 믿는다. 안개가 들어온다. 내 몸을 통과하며 스스로 부풀고, 터지고, 눌어붙다가, 바지로 나가는 안개. 까마귀가 내 입에 지렁이를 넣는다. 느리게 죽으려 하는 것들을 도와주자. 둥근 플라스크에서 끓고 있는 것. 입속에서 꿈틀거리는 까마귀, 두루마

리 휴지를 풀며 비린내를 늘리기, 일부러 함정에 빠지기, 불
에서 나와 다시 재가 되기, 나는 나를 나이프로 쓱쓱 문지른
다. 나는 난처해지고 있어. 까마귀가 말했다. 내가 말하려고
한 것을.

―「우울의 지속」 전문

이처럼 우울의 감성조차 생물학적인 전신(轉身)을 통해,
그렇게 상상된 환경 세계를 통해 물리적으로 표현되는가
하면,

내가 아닌 것들을
달고 다녔는데
봉합한 곳으로
자네의 눈물이 새는군

움직여 보니 어떤가
자네는 제법 사람 같아 공포스럽다네

―「분신」 부분

에서처럼 유기체로서는 불가능한 타자적 시계(視界)의 획득
이 시적 언어를 통해 가능되어 보기도 한다. 그러니 "한 차
원과 한 차원을 섞어 봅니다"(「희생양」)와 같은 구절은 시의
언어로 타자의 환경 세계를 덧입는 주술과도 같은 문장이
될 것이다. 그런데 주술이라니…….

아직도 그곳에서 그러고 있니. 숲으로 들어오렴. 숲 속으로 들어오렴. 너와 닮은 짐승들이 있다. 끊어진 허리에 붙어 춤을 추고 있다. 뱀을 넣어라. 너의 몸을 입어라. 모험을 할 때마다 시력이 바뀌었어요. 당신의 얼굴을 보지 못했어요. 아이들에게 남은 다리를 나눠 줬어요. 어떤 끝이 뒤돌아 나를 탄생시켜요. 삭제하고 싶니. 너의 몸. 너의 의식. 이리로 오렴. 바깥으로 오렴. 여기에는 너의 불행들이 있다. 태워 주마. 모든 구멍에 색색의 종이를 꽂고 태워 주마. 헤매는 것이 나의 전부. 거울을 볼 때마다 꿈으로 전환됐어요. 그것은 구원이 아니라 진리가 아니라 매혹. 각자의 종교에서 나는 당신을 먹고 당신은 나를. 서로의 교주가 되어 세계를 다시 호명하기를. 이곳은 나무에서 태어나 나무가 되는 아이들이 있어요. 육신을 부리는 일이란 그저 그래요. 바람에 살냄새가 실려 오도록. 목소리가 길어지도록. 영혼의 복도를 확장하는 일. 당신이 망각할 때 나는 위로를 느껴요. 나는 무성해져요. 나는 물컹해져요. 스스로 명령을 내리고 터져 버린 당신의.

—「주술」 전문

지금까지 언급한 맥락에서 이 '주술'을 이 시집의 메타적 발화로 지목할 수 있을 것이다. 그리고 같은 맥락에서 "거울을 볼 때마다 꿈으로 전환됐어요. 그것은 구원이 아니라 진리가 아니라 매혹. 각자의 종교에서 나는 당신을 먹고 당신은 나를. 서로의 교주가 되어 세계를 다시 호명하기를"과 같은 대목을 일종의 시작 노트로 고쳐 읽을 수 있을 것이다. 나아가 한 번 더 패러프레이즈가 허용된다면, 이는 유기체의 불가능한 전신마저 극복하고 싶은 강렬한 '타자-되기'의 열망이라고 표현될 수 있을 것이다. 이 시집에서 미당 초기 시의 원초적 혈흔이 검출되는 것은 바로 그 때문일 것이다.

3. 시적 전신(轉身)과 세계의 배양

그렇다면 왜 전신일까? 두 가지 층위에서 이에 대해 말해 볼 수 있을 것이다. 첫째, 정황과 태도의 층위, 둘째, 그것을 시적으로 발성하는 층위에서 말이다.

여름이 소년의 꿈을 꾸는 중에는 풀벌레 소리가 들리곤 했다 우리는 장작을 쌓으며 여름과 함께 증발하는 것들에 대해 생각했다

화산은 시력을 다한 신의 빈 눈동자 깜박이면 죽은 그림자가 흘러나와 눈먼 동물들의 밤이 되었다 스스로 녹이 된 소년, 꿈이 아니었으면 싶어 흐늘거리는 뼈를 만지며 줄기였으면 싶어 물의 텅 빈 눈을 들여다보았다 멀리,

숲이 호수로 걸어가고 있다 버드나무가 물의 눈동자를 찌르고 있다 지워진 얼굴 위로 돋아나는 여름, 신은 태양의 가면을 쓰고 용접을 했다 소년이 나의 꿈속으로 들어와 팔

을 휘두르면

　나는 나무에 가만히 기댄 채 넝쿨과 담장과 벌레를 그렸
다 소년은 내가 그린 것에 명암을 넣었다 거대한 어둠이 필
요해 우리는 불을 쬐면서 서로의 그림자를 바꿔 입었다 달
궈진 돌을 쥐고 순례를 결심하곤 했다

　소년은 그림자를 돌에 가둬 놓고 잠에서 깨어나지 않는
다 나의 무릎에 이어진 소년, 이음새를 교환할 때마다 새소
리를 냈다

—「비금속 소년」 전문

이 시집에는 젊은 시인의 첫 시집에 들어 있곤 하는 개
인사적 내력이 거의 드러나 있지 않다. 다만, 태도와 방법
이 있을 뿐이다. 시집의 표제작은 그런 점에서 상징적이다.
"스스로 녹이 된 소년"이라는 표현은 "비금속 소년"이라는
표제의 대우 명제 격으로 간주될 수 있다. 단절과 단호함
그리고 매끈함의 속성으로 표상되는 바로서의 금속이 아니
라 성장과 전신이 가능한 유기체적 개체로서의 소년이, 금
속을 허물고 벗어나는 녹이 되는 일을 스스로 선택한 소년
이, 다시 말해 규격과 윤기 대신 피가 흐르고 뼈가 만져지
는, 그리고 지금이 아닌 방식으로 항상 새로운 시계(視界)를
벼려 내는 존재로서의 소년이 넝쿨이 되어 새를 불러들이
는 현장을 우리는 이 시에서 발견할 수 있다. 아마도 이 시

집에 숱하게 제시되는 환경 세계들에 대해서 단일한 주체를 고유하게 지정할 수는 없겠지만 이 환경 세계들은 사회성을 지닌 자연인—실은 이런 맥락에서는 사회인이라고 해야 옳겠지만—으로서의 시인 곁에 붙박인 어떤 존재의 것이라고 말해 볼 수는 있을 것이다. "비금속 소년"이라는 기표는 바로 그 자리에 기입된다. 이를테면,

> 나의 것들은 내가 사랑을 주기도 전에 떠났네 다리가 들린 채 악취를 풍기겠지 곧 약품 처리되겠지 관상용으로 남겠지 유행이 지난 미학이 되겠지
>
> —「고양이」 부분

와 같은 대목에 그 '소년'과 결부된 일말의 내력은 담겨 있을 것이다. 몸이 느린 개체, 의지를 등가적으로 교환하는 속도가 몸에 배지 않은 개체, 사후적으로만 일을 수습하는 개체, 그리고 사태가 처리될 때에야 비로소 사태를 장악하는 개체, '사회인(이자 자연인)'으로서 이 개체의 환경 세계는 "유행이 지난 미학"처럼 부실하고 창백한 것일지도 모른다. 전신과 함께 새로운 환경 세계가 절실히 요청되는 까닭이 바로 거기에 있다.

> 취미는 보편성과 특수성을 가지고 있는데 그런 건 우리가 만드는 거야 공동체적인 감각이지 직감 따위는 버려 너는 천재가 아니잖아 예를 들면 연어 알을 하나하나 손톱으

로 굴려 보거나 잇몸에 숨겨 놨다가 다시 꺼내 보는 행위 이
런 것들이 다 연관이 된대 아름답지 지저분하고 편리하게
만드는 곡선이란 우리가 미래를 꿈꾸며 구웠던 펭귄 같아
나뭇잎에 눈이 베인 태양은 걸어온 길을 잃어버렸어 손끝
에서 불꽃을 내뿜고 싶었지만 개나리만 번져 갔어 나방 유
충을 키우며 키스를 했어 온몸을 스스로 태운 나뭇잎들 이
런 것들은 지루한 바람의 영역이지 가족이 죽었는데 가족이
늘어났대 너는 내가 일어나지 않으면 고기에 칼을 찔러 놓
고 바닥에 여러 번 던지지 해동하는 것을 사랑의 형식이라
고 말하지 이제 고백하는 것들은 제쳐 두고 아가미가 쏟아
진 그 접시에서 다시 체온을 높여 보자

—「세포 배양 노트」 전문

"세포 배양 노트"라고 쓰고 차원이 바뀐 환경 세계의 분
절이라고 읽은 뒤 새로운 시의 탄생이라고 이 시를 푼다.
이 시는 그 자체로 일종의 방법론이 된다. 그리고 이 시는
메타적으로 다음과 같은 구절에서 요령을 얻는다.

①
세계의 노선도는
괴물의 뇌 같다

(중략)

모든 비유가 쓸모없는 것 같다

─「밀항」부분

②

추구할 것이 있다면 올바른 죽음입니다 저기 유리창 너
머 생물들을 보십시오 지느러미가 길어지도록 힘을 더 주십
시오 현실이 재현되지 않도록 주의하십시오

(중략)

나는 진화를 앞두고 있다

곧 패턴이 되겠지만
일기를 쓰며
돋은 날개를 흔들어 본다

─「프랙탈」부분

그러니까, 비유 대신 새로운 몸을 입는다. 앞서 말했듯이
이런 과정을 통해 시적으로 정립되는 환경 세계의 주체가
누구인지, 무엇인지를 특정할 수는 없다. 그것은 오히려 이
시집에 풍부하게 제시된 환경 세계들의 구체적 양상을 통
해 귀납되는 장소와도 같다. 그리고 당연하게도 그 장소에
서 현실은 이전과 같은 방식으로 재현될 수 없다─다시 한
번 주위와 환경 세계를 상기해 보자. 낮게 표현된 '거대한'

야망이 아닐 수 없다.

4. 지각적 이미지와 능동적 이미지

이 시집에는 눈에 띄는 이항 대립항이 몇 개 있다. 앞서
살펴본 맥락에,

>   풍경과 인물에 질서를 부여했다 디테일이 지루해서 신화
>   를 등장시켰다
>
> —「혼」부분

와 같은 구절을 추가하면 다음과 같은 이항 대립항들을 얻
을 수 있다. 금속과 유기체, 패턴과 진화, 디테일과 신화가
그것이다. 물론 이 시집의 환경 세계는 후자에 의해 정향된
다. 금속과 패턴과 디테일 대신 유기체와 진화와 신화를 택
하는 것이 어떤 의미를 지닐까? 다음과 같은 시를 눈여겨
보자.

>   움직이는 것은 슬픈가.
>   차가운 것은 움직이지 않는가.
>   발목은 눈보라와 함께 증발해 버린 청춘, 다리를 절룩이
>   며 파이프를 옮겼다. 눈을 쓸고 뒤를 돌아보면 다시 눈 속에
>   파묻힌 다리. 자라고 있을까.
>
>   달팽이가, 어느 날 아침 운동화 앞으로 갑자기 떨어진 달

팽이가 레일 위를 기어가고 있다. 갈 수 있을까. 갈 수 있을까. 다락방에서 반찬을 몰래 집어먹다 잠든 소년의 꿈속으로. 덧댄 금속이 닳아서 살을 드러내는 현실의 기분으로.

월급을 전부 부쳤다. 온종일 걸었다. 산책을 하는 신의 풍경, 움직이는 생물이 없다. 삶을 대하는 태도가 없다. 공장으로 돌아와 무릎 크기의 눈덩이를 몇 개 만들다가 잠에 든다.

움직이지 않는 것은 슬픈가.
가만히 있는 식물은 왜 움직이는가.

밤이, 어느 작은 마을의 모든 빛을 빨아들이는 밤이 등 위에 정적을 올려놓고 천천히 기어간다. 플랫폼으로. 플랫폼으로. 나를 후회스러운 표정으로 바라보는 것. 창밖으로 내리는 눈발의 패턴이 바뀐다.

간혹 달팽이 위로 바퀴가 지나가면 슬프다고 말했다.

잠들어 있는 마음이 부풀고 있다.

나를 민다.
나를 민다.

―「풀」 전문

142

매끄러운 결락과 단속, 확실한 맺고 끊음과 분명한 계획
(금속), 똑같은 일상과 정서의 되풀이(패턴), 사물과 세계를
가장 작은 단위에서 일대일로 교환하는, 혹은 재현하는 형
태(디테일), 타자에 빗대어 자신을 표현하는 언어(비유) 등을
거부하는 이의 심중에 가득한 것은 뜻밖에도 우울이다. 인
용된 시를 보자.

눈을 쓸어 내면 다시 또 발목과 다리가 파묻히는 지독한
눈보라가 청춘의 형상으로 감지된다. 나아갈 길은 고사하
고 서 있는 지점조차 미혹 속에 빠져드는 이 순간이 금속성
일 수는 없다. 그런 의미에서 볼 때, 이 시집에 빈번하게 등
장하는 동물 이미지와 유기체의 환경 세계 중에서 가장 적
확하게 청춘을 지시하는 것이 '달팽이'라고 할 수 있다. 다
시금 '주위'와 '환경 세계'를 생각해 보자. 객관적인 '주위' 안
에서 '달팽이'는 더디고 느리게 나아간다. 방향과 목적조차
가늠할 수 없는 '달팽이'의 움직임은 그 자신의 '환경 세계'
속에서야 비로소 시계와 목적과 삶(생명, life)의 기승전결을
드러낸다.

'주위'에서 '환경 세계'로의 전환은 3연에서 이루어지는
데 그것의 촉매가 되는 주문이 바로 "갈 수 있을까. 갈 수
있을까"이다. 이 주문을 매개로 시의 언어는 '달팽이'에 대
한 관찰에서 '달팽이'의 시계를 기술하는 것으로—말하자
면, "소년의 꿈속"으로—옮기어 간다. "덧댄 금속이 닳아서
살을 드러내는", 보철의 효과조차 무화시키는 현실은 '달팽
이'를 관찰하는 이가 자신의 삶을 '달팽이'에 비유하는 방식

이 아니라 바로 '달팽이'의 현실로 투사하게 만든다. 그렇기 때문에 4연은 넋두리가 아니라 새로운 현실 그 자체로 읽힐 수 있다.

윅스퀼에 기대어 지각적 이미지와 능동적 이미지라는 술어를 사용할 수 있다면 6연의 밤 풍경은 이 환경 세계에 현상한 지각적 이미지가 능동적 이미지로 전환하는 과정을 통해 인지된 그림이다. '달팽이'에게는 달팽이 종족이 가장 분명하게 인지되는 법이다. "등 위에 정적을 올려놓고 천천히 기어"가는 밤이란 '밤이라는 달팽이'나 '달팽이라는 밤'이 아니라 '밤-달팽이'가 아니고 무엇이겠는가. 이 시인은 존재자의 전신과 언어의 굴신에 태연하게 능하다. 시의 마지막 대목은 이제 소년-청춘-달팽이-밤-'나'의 분간이 의미가 없는 환경 세계를 내밀어 놓는 데까지 나아간다. 능동적 이미지란 지각적 이미지를, 글자 그대로의 의미에서 생계에 가장 적합한 방식으로 파악하는 이미지다. "소년의 꿈속"으로 전진한 언어는 "잠들어 있는 마음"을 부풀린다. "나를 민다./나를 민다"는 누구 혹은 무엇의 말인가? 명석 판명하지 않은(unclear and indistinct) 언어가 젊은 시인에게는 드문 고유한 환경 세계들을 분절시키고 있다.

혹시 잊었을까? 이 시의 제목은 '풀'이다. 그리고 이 '풀'은 이미 '달팽이'를 관찰하는 이가 아니라 앞서 기술한, 경계 없는 기관의 세계에 현상한 '풀'이다. 거기서 미세한 움직임조차 지구적 규모가 된다. 그러니 이 수용 기관을 뭐라고 불러야 좋을까? 다음과 같은 주문의 울림과 함께 말이다…….

움직이는 것은 슬픈가.
차가운 것은 움직이지 않는가.

(중략)

움직이지 않는 것은 슬픈가.
가만히 있는 식물은 왜 움직이는가.